価値ある痛み

Valer la Pena

ファン・ヘルマン詩集

寺尾隆吉＝訳

Juan Gelman

現代企画室

価値ある痛み

ファン・ヘルマン詩集

寺尾隆吉＝訳

セルバンテス賞コレクション 4
企画・監修＝寺尾隆吉＋稲本健二
協力＝セルバンテス文化センター（東京）

Valer la Pena
Juan Gelman

Traducido por TERAO Ryukichi

This work is published within the framework of "Sur" Translation Support Program of the Ministry of Foreign Affairs, International Trade and Worship of the Argentine Republic (article 12 of the "Rules for the SUR Translation Support Program").

目次

詩人？　なぜ詩人か？

蛇足ながら一つお断りしておきますが、私に学識はありませんし、今回この集いのタイトルとして掲げた問いについても、ラテンアメリカで私が身につけた文化と言葉、そして実体験を頼りに話を進めるよりほかありません。大詩人も含め、私たち詩人の体験などたかがしれています。偉そうなことは言いたくありませんし、ここで詩の作法などを論じるつもりはありません。そんなものは各自試行錯誤しながら見出していくしかありませんし、実は最良の作法とは作法を持たないことだと私は思います。

「詩が何の役に立つのか？」と自らに問い、人に問う者は少なくありません。この問いは現代に生きる詩人の悩みの種です。グローバル化とメディア化が進むこの世界では、個々人はますます直接的に物質的価値の支配を受け、魂の光も消えてダヴィデ王の骨も朽ち果てたままです。詩集など出版されることは少ないし、あっても市場価値の観点からみればまったく無用の長物でしょう。市場価値がない点では土星と同レベルでしょうか。かつて誰だったかが言ったとおり、皆有用なものの有用性を口にするが、無用なものの有用性を考える人はいないのです。

詩人は本当に無用なのでしょうか？　二世紀ほど前、フリードリッヒ・ヘルダーリンが同じような問いを発しました。「こんな欠乏の時代に詩人が何の役に立つのだ？」今日ヘルダーリンが生きていれば、四秒ごとに世界のどこかで五歳以下の子供が飢えや貧困、それに治療可能な病気で死んでいるこの世界を何と表現するのでしょうか。私が話を始めてからもうすでに何人が命を落としたことでしょう。それでも詩人は書き続けます。詩の言葉を追い求めることは、死に逆らって戦うことにほかなりません。詩は生命にあふれ、この欠乏の時代に光を差し込みます。

　詩人の立場は危うく、自分の作品すら頼りにはできません。書いている一瞬一瞬が別の瞬間への問いかけとなるのですから、書くこと以外に何の支えも持たないそんな者たちを支えられるものは何もありません。詩人一人一人が自分の声を吐き出すために最良の息遣いを探し求めています。アメリカの詩人ロバート・フロストは、自由詩を書くなどネットを張らずにテニスをするようなものだと言いました。しかし、良い詩を追い求める者に自由詩などありえません。もうずいぶん前のことになりますが、私も自由詩による表現の必要を感じるまでは、韻律のある定型詩を書いていました。定型詩の秘儀はわかりにくいものですが、常にリズムという詩的・芸術的経済法則に縛られています。十一音節詩、アレクサンドル詩、脚韻付きの八音節詩などは、時に危急の難題を突き付けてきます。ある時パトロンたちに金をせびったロペ・デ・ベーガが言ったように、金欠状態とソネットに不可欠な韻とは同じ異端の顔をしているのです。韻律のある定型詩を書く者は孤立無援の状態にあります。言葉は何の庇護も受けず、嵐に晒され続けるばかりです。詩の言葉は、ありもしない中心を追い求めているのですから。

　ペルーの詩人エミリオ・アドルフォ・ウェストファーレンは言いました。言葉は、断絶や傷痕、山や谷によって広がった世界であり、「頻繁に姿を変える食用動物のようなもので、詩人はこれに妄想と必要性を加え、時に質素に、時に豪勢に調理する」、と。言ってみれば詩人は言葉によって書かれているのですから、筆が紙の上を勝手に滑っていく時ほど幸せな瞬間はありません。一種の奇跡とでも言いましょうか。チェスタートンの言葉ですが、奇跡の奇跡たる由縁は、時として本当に起こることです。生体験とそれを探究する想像力、そして言葉を与える表現力、この三者の出会いと融合、これが完全に不可能な奇跡ならば、誰もこんな火遊びに手を出しはしないでしょう。この奇跡、さらにはこの奇跡の正体を見出すためなら、人生を賭けても惜しくはありません。

これまでもよく言われてきたとおり、言葉は祖国であり、祖国には、少年時代、家族、実りある質問、そして返答の引き起こす驚き、その他様々な祖国が含まれています。スペイン語圏以外も含め、十四年も亡命の地で過ごした私はそれを痛感しました。その間アルゼンチンは、類を見ない残忍な軍事政権にほとんどずっと支配されたままでした。仲間が殺され、友人の行方は知れず、かけがえのない家族までもが独裁権力を掌握したビデラ将軍の手先に誘拐されて消息不明となりました。ポーランド語から英語に切り替えたジョゼフ・コンラッド、ルーマニア人でありながらドイツ語で執筆したパウル・ツェラン、それにブルガリア人のエリアス・カネッティ、私はこういった作家を称賛しますが、様々なケースはあれ、私自身にとってスペイン語以外の言葉で書くことは、物理的亡命にもう一つ過酷な亡命を課すようなものでした。ローマ時代は怒りと苦痛と無力感に苛まれていたせいか、私の耳は優しい響きのイタリア語、ピアモンテ、カラブリア、フリウーリ、その他イタリア半島に散らばる諸方言の話者を無理なく結びつけるあの標準イタリア語を受けつけませんでした。内面に巣食った感情とまったく無縁なあの優しい響きは耳に抗い、書く気力を奪いました。アルゼンチンで毎日これほどたくさんの死者が出ているのに不謹慎だとすら思えたのです。そんな感覚を抜け出せたのは、ローマの民衆語、ブエノス・アイレスで話されているスペイン語と親戚関係にある庶民イタリア語でソネットを書き始めた時からです。長々と自分のことを話して申し訳ありませんが、私が言いたかったのは、詩人の置かれた状況が、書かずにはいられない衝動と詩の音楽性との関係に強く影響するということです。

そこで私は学びました。詩の音楽性とは、表現したい内容と見出された言葉の意味との融合が生み出す固有のシステムなのです。怒りの音は愛の音と同じにはならない。言葉には多様な濃淡があり、感情は一つ一つ異なる音楽を求めている。詩は完成品ではなく、まさに完成の途上にあるからこそ心の琴線に触れます。読む者、聞く者の正体を暴き、今まで内に秘めていながらまったく思いもよらなかった領域を明らかにします。

詩は私たち自身よりも私たちの内面をよく知っています。とどまることを知らぬ不可思議な貪欲さに支えられて、詩は人間の知られざる可能性に踏み入り、より公平で美しく、完全な世界を志向します。言語の神秘を信じる強い力に乗って人の耳に入り、まだ名もないものに名をつけるのです。

詩には「古典派」「ロマン派」「新古典派」「現代派」など様々な分類がありますが、往々にしてこれは単に歴史的・社会学的観点に基づく呼称にすぎず、詩の実体とは何の関係もありません。「ポストモダンの詩」などという議論を持ち出す者までいるようですが、これはもう皮肉としか言いようがありません。地球には、教育や公衆衛生、コミュニケーション・メディアはもちろん、電気や飲料水、食糧や住む場所さえ持たない人が何百万といて、まだ「モダン」ですら実現はほど遠いのですから。

もちろん詩にも伝統があり、詩人とて世代と無縁ではありませんが、常に芭蕉の教えに従っているものです。つまり、先人たちの真似はしないが、追い求めるものは先人たちと同じなのです。

キューバ革命の後、ラテンアメリカではいわゆる社会詩、政治詩をめぐる誤解が広まりました。テーマさえあれば詩はいくらでも書けるとでも言わんばかりに、社会・政治問題を題材として、詩とは縁もゆかりもないパンフレットが何千となく書かれました。確かに、二十七世紀も前にパロスのアルキロコスは、従軍時代に嫌というほど味わった悲劇の体験から反戦詩を書きました。『神曲』が一大政治詩として読めるのも事実でしょう。また、権力をめぐる闘争や策略をシェイクスピアほど見事に歴史ドラマとして描き出した者はいない、それも本当かもしれません。しかしいずれの場合においても、詩人のおかれた外的状況と彼の内面の状況が重なり合っています。詩の唯一のテーマ、それは詩であり、だからこそ詩にはすべてが、愛すらも可能なのです。サッフォー以来今日まで、彼の足元にも及ばない愛の詩が何百万と書かれてきました。詩の内容が詩なのではありません。詩とは灰となった言葉です。

何年か前、著名詩人で、当時（よくあることですが）アメリカに脅かされた革命の代表者の一人だった某人物のインタビューが、巨大な発行部数を誇るある雑誌に載ったことがあります。それを読むと、そこにはこんな言葉があったのです。「私が書かないのはロナルド・レーガンのせいだ。」私には衝撃でした。ラテンアメリカであれ他国であれ、革命的であれそうでなかれ、どんな詩人でも、レーガンやスターリンやブッシュよりもたくましい想像力、敏感な記憶力、美意識、そして夢見る力を備えているのが当然です。特定の政治体制が詩人の創作意欲を削ぐなどと考えるのは、自分の能力不足を政治のせいにすることにほかなりません。旧ソ連のグラークで死んだオシップ・マンデリシュタームのように、詩人が政治体制の犠牲になるのなら話は別ですが、自分が書けない責任をありもしない他者におしつけるのはさもしい行為です。

生活環境は詩人に影響しますが、詩人を形作るわけではありません。むしろその逆です。詩人は自分の書いたものとともに生まれ、自らの生活条件を作り出します。詩が詩人の自伝であるのではなく、詩が彼の生涯を導くのです。ためらうことなく真の自分を追い求める詩人は、詩を書くごとに自分の内側へ一歩また一歩と踏み込んでいきます。あるときブエノス・アイレスのカフェで偉大な詩人フランシスコ・ウロンド――後に軍事政権の手で暗殺されました――が私に打ち明けたのは、彼が武器を取って軍政や社会不正と戦うのは正しい言葉を求めてのことである、ということでした。これこそ美学から派生した倫理です。詩は神秘への問いかけであり、謎の発見である、彼にはそれがわかっていました。さらには、フィロンの言うとおり、言葉は宇宙へとこぎ出すための舵である、そして詩人は他者の言葉に耳を傾け、そこから離れることで庇護の手を差しのべながらその言葉と融合する、と悟っていたのです。詩は単なる同時代の鏡ではなく、無と向き合っています。そして新しい現実を生み出すのです。

詩人とは、何世紀にもわたって蓄えられた世界中の詩を背景に一時代を伝達し、詩を作っては壊しながら虚空の入り口へと回帰します。実は詩人のしていることは人間の日常生活と何ら変わりません。前日の夜から遠ざかれば遠ざかるほど次の夜に近付くのです。

私の掲げた「なぜ詩人か?」という問いは、実は不正確かもしれません。むしろ、なぜ詩が数多の疫病や戦争、天災や人災を乗り越えていつの時代にも絶えることなく存在し続けてきたのか、こちらを考えてみるべきなのでしょう。常に私たちは未来の人類とその輝き、その実現可能な夢の前段階に置かれて苦しんでいます。それでも詩はなくなりません。

詩人はいつどのようにして自分が詩人だと気づくのでしょう? いつどうやってその役割を受け入れるのでしょう? 自分の詩について何を知っているのでしょうか? ヴァレリーの考えでは、詩は完成されるのではなく、放り出されるのだそうです。私は逆だと思います。詩のほうが詩人を放り出すのであって、詩はいつまでもそこに残ります。この放棄に逆らおうとしてはいけません。問いはまだいくつも残っています。言葉として表現されるまで苦しみ続ける妄想はいったいどこを通るのか? 妄想と言葉は想像力に何を与えるのか? 私たちの限界を示すのか? 詩は限界の印から生まれて、血の表面からそれを消し去るのか?

詩の正体は誰にもわかりません。何とかそれに近いものを描写したり、イメージしたりすることができるだけです。ある者は詩とは記憶の影だと言い、またある者は神をせっついて御言葉を引き出すための手段だと言います。私にとって詩とは葉を失って影を落とす木です。何百万という言葉が費やされた後でも、言葉は生まれくる時間、死んでは生まれ変わる時間であり続けています。使い古された言葉などありません。あるのは使い古された生だけです。

詩は想像力と経験を強力な絆で結びつけて新たな記憶

を作り出し、そのなかで現実世界の夢を言葉の夢に作り変えます。それはまだ起こっていない出来事の記憶です。詩はエロスの冒険であり、一つの詩で終わってはまた次の詩で生まれ変わります。あの正体不明の物体、影のない体のように、あるいはプロティノスの言った、どんな物質にも写し取ることのできない心の刻印のように、鼓動する空洞を追い求める衝動が消えることはありません。ユートピアと同じく詩の言葉には、望んだものと手に入ったもの、二つの喪失感が入り混じっています。詩にとって楽園は常にまだ先にあり、探求に終わりはありません。

おそらく詩人が生涯をかけて追い求めるのは、一つの詩、魔法の親族とでも言うべきたった一つの詩を書くことなのかもしれません。こう考えれば詩人とは、チリの詩人ビセンテ・ウイドブロが言った小さな神ではなく、偶然によってしか与えられることのない魔法にすがりつく物乞い、始めから存在しないとわかっている音に追い回された追跡者にすぎないのかもしれません。詩は原初の言葉、外から幼児を傷つけるあの言葉の儀式を繰り返すだけです。詩が生まれるとともに原初的痛みも生まれます。だから詩の言葉は沈黙の世界に最も近い言葉であり、生まれたまさにその瞬間へ向かって歩むのです。

詩は言語に入り込んで肉体となり、夜の読書のように寝る間も惜しんで問いかけを続ける心となります。詩は地平線を広げる営みです。詩は黒く塗られた鏡の祖国です。雲雀を見たくなった子供が目から雲雀を解き放つ、その雲雀に呼びかけるのが詩なのです。

価値ある痛み

モリバト

無垢から罪に移るのは
一瞬のこと。そんなふうに時は
流れ、疲れた木の上で
モリバトたちが歌う。
涙を見せぬ肉がものを思う。思考とは
スープを掬うスプーンに浮いた
無を眺めること。
痛みは人から
離れない。その影、
距離、表面、
腐った疑念の臭い、足を
止めた悲哀。
時は心の冷や汗を消し、
必要なら心も消し去る。夜に
ぶら下がった仲間たちを
軽い音で叩き、彼らは
切羽詰って、弾き出された者の言葉が
終るところから始まる道の上に
誰も見たことのない国を作る。
感覚の籠のなかに
横たわっている。恐怖が
禁じられた記憶とうわついた日の味に
入り込み、にわかに
昨日の欲望が口を開ける。巨大な
月が参列者の振りをする。目のなかへと
敗北が青い鳥のように
長く飛ぶ。仲間たちは
起きているのか？　私が誰か

訊いてもいいか？　存在しない存在のなかに
眠っているのか？　夜明けに
薄汚れた通りは過ちか。
生きることと生きていることの意識との
間に挟まれた感情は
私のような人間とは
縁のない流れ。
後にする部屋が
塩と靄をぬって恐怖と、
埃まみれの胸のうちにさまようとき、
大事な枝から飛び立つ鳥に
感謝の心を捧げる。
私は逆さまに。

旅

洞窟へ歩む人のように彼は詩へと歩む。
ペネロペは決して
彼のセーターを編むことなく、ましてや
編んだ物をほどくこともない。彼に
アルゴスへ急ぐ気はない。
プリアモスやアリスベーの愛にも
気をとられはしないが、それでも
シンバルや他の空気的冒険の
ずれた時間、ずれた場所のような
音に耳を傾ける。
宇宙の仕組んだ偶然によって
星の光に照らされながら、
落ちる枯葉を
驚きの目で眺める。

裸の体が震える。外に
正義はなく、彼の求めるのは
存在しない何か。

国

マルコ・アントニオ・カンポスに

宇宙？　もちろん。無限？　それもある。
肉？　当然だ。「天界の肉」、
あるいは天が、憎しみに触れたお前の上に
雲を広げ、悲しみの雨を降らせる。
お前の記憶に残る骨の上で牛が草を食む。
ならば記憶のない者たちは？
インディオのように恥部を隠すのか？
軍帽に消えた国よ、
お前は未来にも残るのか？
過去にあったのは臆病と侮蔑。
水に掘られた墓場、パウル・ツェラン。
昼間私が思い出すのは、自分が木でもなければ、
　　鳥の根も持っていないこと。

曖昧に生きる私が、
入る姿は誰にも見られない。

よだれ

敗者は無の衣を纏う。それは
今や不条理の刻印なのか？　それとも
頭でユートピアが凍りついたのか？
打ちのめされた姿でカフェに姿を見せ、
人目も憚らず話し続ける口もとの
傷ついた輝きは
消えそうで消えない。今でも忘れていないのか、
世界を覆すあの情熱、そして
世界に覆されまいとする情熱を？　まだ
愚行に逆らっているのか？　それとも黙って
時が降り注ぐよだれを拭っているのか。書き遺す
手記は誰の手にも渡らない。
名もなき名前の下で
もう骨も動きはしない。

煙

静かな午後のカフェ。通りすがりに
注文する女の子の
名前はマリー。彼女の悲しみが
町を、生に命を捧げた顔を踏みつけ、
少女は繰り返す。夢は
巻物の書物となり、大きなかまどのように
煙を吐き出す。その手が伝えるのは
世界のへこみ。

手立て

祖父が私を見つめる、
いつもの写真から見つめる。
ロシアから、悲劇の奥底から、
ゲットーから私を見つめる。噂では
神に手紙を書いて、復活祭に
家いっぱいの麦、
葡萄酒、そしてパンを請い、
手紙を鳥の足に結わえ、
国から国へ、天を求める旅へと放った。
私を見つめる目のたるんだ隈は
恐怖に眠れぬ者の証し。決して
私を腕に抱いたことはなかった。決して
私を知らなかった。決して
が二人の合言葉。彼が望んだのは

真実が街を闊歩すること、
そして真実に仮面を被せ、
人の心に捧げた。
その仮面が写真にうつる顔。
神に請うたのだろう、何も
消すな、何も書くな、すべてが
もっと酷くなるから。病んだ
写真から立ち昇るのは
触れ合うことのない幾筋かの煙。
家系を闇に包み
犬のように私を追いかける。

場末

お前の声を聞いて痛みは歩みを止める。
お前の声に音がないのは、
犬に噛まれた影が
私たちの影となり、口づけの
機会を窺いながら、
入り組んだ未来の思い出で
敗北を覆ってくれるから。夜は、
両手を空にして横たわる
妹ではない。それは床に
落ちて、その香りに後ずさる
お前の衣装。そしてお前は
どこからともなくやって来る。南は
空っぽのまま、ただ

マラに

お前の美しさだけが私の
欲望をくすぐる。お前は私の
口を清らかな葡萄酒で濡らす。
この苦い場末から
場末の眠りを覚ます。

跳躍

お前がいなくなれば存在は失われる、
そんな未来。
太陽の一点でお前は熱く、
見知らぬ世界で私を訪ねる。
おしゃべりなお前の骨をどうするつもりだ？ この詩は、
はたきにしがみついてこびりついたものを
落とす隣の女を描く。
彼女の服は
夢の鼠を待ちかねた
最初の歯に触れる。
向かい風が吹けば繰り返される数字を
一つ授かった彼女は
枝にぶら下がって、
優しさが石へと飛び移る瞬間を
待ち望む。

匂い

我々は食事し、互いの面倒をみる。絶望の
面倒を見るのは誰だ？ 時として
意志が優しい気持ちで考える、
この世界は楽しい
幻想のようだと。ただし
足が地につき、
船が傷をつけないかぎり。
これは都会の悲しみに違いない。
建物の間に対話はなく、
疲れだけが響く。施しを
求める子どもたちにクチナシの
匂いはない。そこでしおれたまま。

水

終わりのないこの詩は
自分の姿に似ている。
ものを思う獣のように黙り、
痛みはしないが、不安な心に
降り注ぐ緩やかな夜
姿を見せる。誰も、
外の出来事をいちいち気にする鳥の
話などしない。なぜ詩が、
曲がった肉の上を
行進した恐ろしい記憶を
描き出すのだ？　獣たちの
血筋が、
時に逆らって交わる水の
合間に漂う。

いつも

母に

過去を生き延びて届いた声は
そこにとどまる。それは
すでに失われた優しさ、
明るい陽射しにも似て、
透明に揺らめく。
意識の思いに浮かぶ
停止の跡が根を張った
あの手はどこへ。
ああ、宿なしの女はいつもあちらこちらへ！
私の内で死にゆくものに触れながら、
あなたが来るのを待っている！
ツバメの重み、
そして他の気持ちの推測！

あなたの痛みのベストで
時をなめる午後！

帆

光は絶えず
目に入るものをすり減らし、停止した
狂女の習性につられて顔を出し、
破損した部分から立ち昇る何かに
卵を産みつける。
光は怒りの本性より美しい。
戻らなかった水を切って進む光の帆を
止めるものはない。

そこに

誰もお前を牛にしてはくれない。
誰もお前に恐怖のなかを飛ばせてはくれない。
繰り返し仲間を殺されても
誰も彼らを返してはくれない。もし
記憶を壊せば、空っぽに
なるとでもいうのか？　見えるのは
私の血に漂う幾つもの顔、思わず呟く
まだ死んでいなかったのか、と。
しかしまだ死に続けている。
いちいち顔を見てどうするのだ？
いちいち私も彼らと死ぬのか？
未来の小さな生地のどこかに、自分の名を
書き込んでいるのだろう。しかし
どうしても彼らは死んでいる。

小さな命に逆らって
でたらめに夢を掲げながら。

一陣の風

毎日生きられるわけではない、
玩具の作り手は言った。
つまり、コリマの
低い家と赤い花は
ありもしない夜を照らす。
そして私たちは、何をするのか？
落ちる目の音を
聞く盲いた目が何の役に立つ？
生物が喉に
怒りを込めて歌う。それは、
打ちひしがれた仲間たちのなかで
落ちた思いに満ちた
死後の団欒。
実在の国に気をつけよ。

不在の国に気をつけよ。
暗く輝く
一陣の風のなかで眠れ。

願わくば

ここに立ちこめるのは
回想より辛い何か。
曲って遠ざかる
感情のなかにある石。
陽気な咳が必要なのに、
それが出てくるのは
過去と過去の意識が交差する角から。
嘆きの仮面は
可能でも不可能でもあり、私は
どもりがちな我々の調子に合わせる。
私が誰か、問う時が来た、
心が安らぎ、閉ざされた扉の
ぼやけた物体に煩わされぬ今こそ。
痛みが結び目に

変わりさえすれば、
団結してジェノヴァの糸杉でほどくことができるのに。
その刻印。
秋は我慢強い孤独に
風穴を開ける。

輪

アンドレアに

床に座った女の子が
目に片手をあてて泣いている。
見ていたものを見るために
目を閉じる。それでは
庭を見ていなかったのか？　その新たな
口から出て、話し声の周りに
時間と不幸と恐怖を動かす鳥を見ていなかったのか？
喉につかえた輪が欲望に逆らって
暗い命令の残骸とともに回り、彼女は泣く。
さあ自分自身の光を
身に纏え。
その光には誰にも見えない地平線があり、
気紛れな旅の終わりに見える閃光のようだ。

難題

アンドレアに

片隅で泣きながら少女は考える、
痛みより重い痛みの翼が
彼女をここから向こうへ、
傷ついた指から太陽のめぐる空へ
連れていく。
視界のなかで彼女の姿は際立ち、
固い月がその肌に
すべてを育む夏を見出す。
逃げゆく彼女の髪に触れる者はいない。
傷をこらえる彼女は
あんなに小さな姿で生きていく。
涙の一粒一粒が答えのない
難題となる。

景色

欲望ははためく、
側面に縫い付けられた
槍旗のように。そうだ。
慌ただしい美は悪い時に
食み、そんな情熱と
取り引きはできない。私は
夜起き出して、足下に
開く移り気な深淵と、逆立ちした空気で
傷ついたダンソンを眺める。
事実が冷たい釘を
確信に打ち込む。癒しを
拒むこの知はいったい
どこから来るのか？　陽に
照らされた街のなかで、恐怖の規則を
読み取らねばならぬ。けれども
街は太陽を押しつぶす。肉体に
疲れた喪失感を
欺くことはできない。

カトゥルス

口づけに何が起こり、どこから
どこへ行くのか、距離の
法則が終わりの始まりを
阻む。その間
悲しみがあり、そして
震える旅人の内で木イチゴが燃え盛り、
陽を浴びて座る彼は
打ちのめされたバラを
手に呟く。
血と血のインクが
戦い、丸裸にされた記憶は、
愛の始まりにも見える。
明日の引き出しにある
紙を集め、

這いつくばった声を閉じる。愛し、憎み、
だが問い質す、
どう愛すのか、どう憎むのかと。
いつも同じ詩を書きながら眺めるのは、
家の入口から
差し込む宇宙の光。

切り口

詩に何かを
起こす力はないとW・H・オーデンは言った。
生き残るだけで精いっぱいだと言った。
理由は言わなかった。不可能が生き残る
ように生き残る。
つまり我々の愛、
あるいは、乳歯を忘れて
砂に十字を書くバイソン。
それは美しい。その意味とは
己を知る寒さに
別の運命があること。
誰も言わなかったことが、
真実には必要な
仮面の下にある。

口づけと言葉を授ける私の望みは、
不条理に心が座り込んだ
巨大な部屋。
つまり、生き残ること。
不思議な流れを切り裂いて。

掘り進むもの

血が騒ぐ、
あらゆる片隅で、
立派な心のなかで、その誇りのなかで、
怒りの臭いを放つ犬のなかで。
愛される者は屈辱を
驚愕に変える。私がここに来たのは
お前を愛していると言うため。日曜日の
ピエロが落胆を味わう。
壁を背に感動が
銃殺の時を待つ。
我々の体はその壁を知っている。
それは絶えず掘り進む
太陽の結び目。

鳥

鳥と言いながら私は鳥を壊した。
これは許されない。
鳥は飛び続ける。
私のなかで鳥を壊しただけだ。
もう飛ばない、もう
私でない木に巣をかけはしないし、
私のうちで思いを揺らすこともない。
折り重なる枝と中庭の煙の合間に消えた。
鳥にとって私は何なのだろう?
もう何でもない。
失ったものと
失ったものの記憶がかつては私を訪ねた。
今ではそれも暗号のような沈黙となり、
希望は少しなくなった。

廃墟

マルセラに

運命の生み落した一つの言葉が
記憶ですり減った少年時代の
写しを横切る。それでも
十二宮の砂糖が南の馬に
甘味を与えるわけではない。
字面通りの意味があるだけ。
遠くから見れば違いがわかり、
内面のカンテラが
物珍しい廃墟を照らす。
昨日私はどこにいるのだろう?
周囲の痛みがはっきりわかる。
夜がペースト状に
お前に会えない日を塗りつぶすのは、

お前が頭を死に預けたから。
月に照らされた亜麻畑は
お前の夢に似ている。
来ても無駄だ、
お前には来られない。

遺産

ルクッルスの禿げは丸く、
ちょうど頭のてっぺんにあって、
独特な形で
みじめな毛だけが残り、
ローマでもよく話題になった。
ミトリダテスを倒し、
ビテュニア・ポントス州の
財政危機を解決した将軍も
若い頃は禿げで心を痛め、
あるいは若さそのものを恨んだ。
禿げは軍事的勝利も
経済的勝利も気にとめはせず、
ひたすら破壊の道を進む。
ある日鏡を前にしたルクッルスは
父の遺産が何だったか知った。
遺されたのは父への憎悪ばかり、
そう思えた。
外に向かって何かの記憶と
何かの恨みが密かにこみあげて、
彼は言った、痛みは金だと。
すると鏡は
自分に開かれた窓に見えた。

小椅子

マルセラとアンドレアに

痛みは冷たく外をかすめ
もう少しで無限に触れる。反対側に
休むことを知らぬ光が
穴のあいた金の小椅子に射し込み、
そこに少年時代が腰掛ける。「私を
思い出すな」と言われても、
いつも思い出す。
小椅子は寂しく広間にたたずみ、
喪失は己を欺こうとして
野蛮のなかで曖昧に花をつけるようだ。
つき従う愛の糸に
閉ざされた扉の正体は、
閉じる扉そのもの。

蝶の名を口にしても蝶は飛ばない。
お前と一緒にいると
涙が出てくる、二つの月を持つ少女よ。
一つは昇って夜の始まりを告げる。
現在は古すぎて、
生の合間をさまようばかり。
お前が見えない、と頬は繰り返す。
その未来は闇に包まれる。
わけもわからず苦しみながら。

詩人たち

不思議なヤン・スヴェレに
ライナー・マリア・リルケの別れの
幸運な宇宙を読む。
「みすぼらしい私の足は恐ろしい」とヤンは言う、
足は南東の風に向かってくれないから。
ライナーは違う。彼は尋ねた、
誰のものでもないものは誰のものか、と。
いい質問だ。では私は
誰のものか？
乞食が私の盲目を踏みつける。
「焼けない蝶を敬う」とヤンは言う。
ヤンはありもしないものを敬った。
すべては何度も繰り返され、
鏡で入り組んだ糸がある。ライナーは、
我々は何をリンゴと呼ぶか訊いた。
いい質問だ。では我々は何を
決して来ない「いつも」と呼ぶのか？
「妄想とは癒されることのない扉だ」とヤンは言う。
彼には扉もないし、弦のように
体を伸ばして一日の
大きさを分断する。リルケは
Warmes des Mädcherr、女性の温もりの
マントに身を包んでいた。
ヤンは違う。彼の姿は
影から影へと、隷属を
調べる者のようにさまよう。

視点

アンドレアに

叱られた女の子が砂場の
真ん中で指を立てると、そこに
水がある。痛みを
止め、視点を植え、歌で
一回きりの毎朝の幕を開ける。
存在せぬ世界にとって彼女は誰なのだろう。
頭にハンカチをのせて
亡命を過ごす。彼女は
決して失うことのない
遊びと欲望に向かって歩む。そして
ありもしない病に苦しむ。

差異

ヘルダーリンとヘルダーリンの狂気は
違うもの。
詩は運命ではない。
詩にとって詩とは何か、誰もわからない。
空の聖域には、星も痛みも
ない檻がある。
泣いて角を曲ったあの女の子は
不条理なのか？　今日
私が感じる空腹の音のように？　狂気は
通りを歩むのか？　どんな家にでも
入り込むのか？
お前の家にも？

ただそれだけ

アンドレアに

煙草の扉を超えるには
言葉は半分だけでいい。
痛めつけられぬよう目を閉じた欲望の
上にお前は腰掛ける。
窓を開ければ
迷宮を解く何かが入ってくるかのように。
目にとまらぬまま失われるものがなんと多いことか。
そんなことがあるのか？
私にとって私は私なのか？
不可能な私に腰掛けるお前の
姿を見る、などと
どこに書かれていた？　私には
お前を温める夢に
頭を置くことができない。

ウラジーミル・ヴィソツキー

国の怒りに生き、
そして死んだ。とある女か、何かの忘却が
彼の調子を狂わせ、外れた音のなかで
しわがれ声の鳥を
濡らす雨が降る。そんなに
考えて、怒りが、ありもしない夜に落ちた
ダイヤモンドを切る。彼は喉で
「悲哀」の「ひ」の音を締め付け、
固まった悪夢の国へ
「愛」だけを残そうとした。
輝く問いが
敷居で壊れる。
怒りがすべてを喰い、正体の
わからぬ痛みのインクを滲ませる。

雀の瞳に写った
子供はどこへ行った？　煙草のなかに
銃殺された影が見える。

河

支えのない愛は
壊れゆく甕のように落ちる。何が
そこから出てくるのだ？　皺の
ない太陽を待って
床に就く紳士か？　本当に
宇宙の眼差しは優しいのか？　発話は
無限の宝石に触れたあの地平線の、
火の灰となる。
影の刻印が
我らを指し示す。正確な
図柄は後で現れる。石の
扉がまるで
開かない痛みのように見えて、
その扉を消す距離が

乾いた空気を生み、そこで私は自分から離れる。
現実に踏みつけられた血は
一頭の馬となる。誰か
軍事的喜びに
心の結論を聞く者はいるか？　理性に
はまり込んだ手は腐るのか？
ここでは誰もが苦しむ。
死者たちのなかから立ち上がるのは
新たな戦いの
まぶた、針、問い。生きる者は
恐怖に染まる。
怒りからも、愚かな
繰り返しからも抜けられない。その地で
私が見たこともないのは、ありえない

時間、因果のない
胸、欲望の
死者を引きずる女たち、
私の激怒を
転がる歯と手足、彼らは
許してくれない。頭は
鈍いが、手の甲を
欝血させ、片隅で
叫ぶ野獣。
出発のない旅行に、
眠りのない夢に私は足止めされる。
ありもしない視界が開ける。
幻想の体は
その影より軽く、太陽に
塞がれて歌声を奪われ、
深淵から深淵へと渡り、窓辺の

耳の聞こえぬカモメのように飛ぶ。
私は見た、犬死して
横たえられた奴隷たち、そして
知りもしない
幸せを感じた仲間たち。冬に
備えながら待っていた。そうだ、私は見た、
未来を壊さぬよう小声で未来に
ついて話していた男たち、女たち。
未来への洞察に
導かれて命を落とす者たち、明日には
他者となってしまう遠い異邦人たち。
彼らは夜を正したが、
夜を正す者は、欲望を
焼く危険を冒す。欲望を
正す者は焼死の危険を冒す。
そのため陰鬱に沈む国もある。

燃えない釘のようなものに
囚われた生き物もいる。
辛抱強く忘れようとする群もいる。
それほどの忘却をどこへやるのだ？
南の碁盤の上で盲いた血なのか？　神よ、
あなたはなぜ忘れる？　あなたは
縮こまって、アルゼンチンの影が、
あの迷える獰猛な獣が過ぎ去るのを待っていた。
雨が降る。
神と神との距離は
手のなかで濡れた少年時代とともに
自らの災厄を纏って
通りを進む。
情熱を奪われて悲しみに沈んだ時間は
完全に過ぎ去ることなく、
曖昧な遅れと災害を後に残す。

手首から死を洗って花咲いた
肉体の庭になりたい！
尖った月を背にして！
痛みに満ちた国で
仲間たちは軽く倒れる！　願をかけた
手のように、
信者の有罪宣告とともに
愛に消えた何かのように倒れる！
物をその名のとおりに呼ぶこともまた亡命となる。
大粒の涙のように視線はさまよう。
そう、仲間たち。
重い太陽のもとで眠っていても、
できれば違うことを望んでいるのだろう。
話によると、夢には幾つも家があり、
死のなかにもあるというし、
痛み止まぬ隅々を削るともいう。

声を縛られた仲間たちは横たわり、
止むことのない真ん中の鏡に向かう。
彼らは行動の自由を奪われて
火の場所にとどまる。記憶は
実際の過去とありえた過去の
隙間を探り出す。
日々の接触に
失われる叫びもある。
生に遅れる者などいるのか？
子孫を掘り下げ、離れた体を
起こりうる事件に預けた鳥の飛翔だけだ。
鳥は危険をかえりみず、
死の大きさに触れる。狂気を
垣間見せた窓辺にとまる。今夜は
まだ何かあるだろう。内に秘めた
恐怖を地上に下ろすためか？

男たちの床屋でホルへの
祖父の影が通り、言葉を発し、
鋏で時を切る。
冷めた情熱が生み出す退屈な子供たち。夢は
不条理な仕事、惨めな
肉体、不潔、
などと言われる。別の
夢を起こしてみたい気もする。景色から
緑だけ取り出すのもいい。
苦悩は不完全でしかない。
生き残った欲望は、
魂を求めはしない。

オヴィディウス

光が降り注ぐテーブルに向かって小男が
幾つかの火を振り返り、
団結した背中をほどく。
突然の停電にも似た
何かを伴って光は
去りゆくことを告げ、砂漠が現れる。男が
自分の怒りと不確かな誓いを交わす。犬が
惑星と言葉を交わし、
斜めに泣きわめいた仲間で
家はあふれかえる。悪はそこに座っている。
小男はペンを取り、
荒々しい怪物たちと
軋んだ可視国に絡まれて存在を
失った血のなかに浸す。

去勢牛を呼び、地獄を掻き回す間に
心臓を引き抜いてくれとせがむ。

日々

情熱の裁きを受けた日は
光を高く掲げ、夜は
根を深く張り、忘却は忘れられない。
かつて存在した時間として
情熱とともに幕を閉じれば
まるで夢のようだろう。自らの姿を思いながら、
シーツの間で夢見る頭も見ず、
暁を白くする夢。
コップの底は静かで、
そこを流れる川には、
目を開けては閉じる船が浮かぶ。
それは何だ？
馬はどこへ行った？　恐怖のなかで
眠るための家は？

世界と世界を結ぶ不思議な関係。
痛みは草となり、
いつまでも育ち続ける。
通りの終わりに太陽を開けるのは
何も真実にしないためだ。

どうしたら？

どうしたらアンドレアにわかるだろう、詩には体も
心もない、それに少女の息をすり抜けることもあり、
いつもは口にしないことを口にする、と？
口のなかで世界が固まって、アンドレアには
知るよしもない過去の光のもと
彼女の記憶も新しい家となり、
そこで命を授かるのは別の顔、
別の夜明け、別の涙。
そのほうがいい。
今沈みゆくすべて、溶けゆくこの時を
書き残す黄色いページも忘れ去られる。
いつか彼女もわかるだろう、自分と同じく
過去も現実と空想の間にあったことを。
ああ、命よ、お前が書き終えたときには
どんな未来があるのだろう！

確信

アルベルト・ディアスに

どんなものか。
今だけは不安が落ち着き、
懸念は熟し、
レースの感触に包まれたヘラルダに
どれほど世界が似ていたことか！
言葉に衝突されても午後は壊れず、
怒りは私を一人にしてくれない。
軍の影が多すぎて、私は一人で街角にいられない、
そこでヘラルダと私は「お前になる」と言って
「自分になる」と伝え、死者とともに生きようと
旅立ったお前を思う。
それでいいのか？
何の思いもなく春は生きているが、

私は春ではなく、
来るべき夢の骨と血を数える。
我々もまた来るべき血の夢を見る。
世界の裏側で宇宙が育ち、
我らの痛みが無と化した
あの場所にヘラルダはいる。

知ること

詩は腹のなかを泳いで輝く。
自分が誰かも知らない。
野獣たちに晒されて
最期の地となるはずの
この場所に引きずられてくるまでは。
野獣たちのことを理解したい、
そうすれば自分の獣性が理解できるだろうか。
現実は息の切れた動物のような喘ぎをもたらす。
その呼吸のなかにどんな恵みがあるのだ？
失われたものは何も得られまい。
柔らかいものの下で疑念がくすぶる。
この両手のうちで。

ヨシフ・ブロツキー

詩人が降り立つと世界は動く。
鳥が死ねば何が起こるのか？
地にその軽さを植え付けようとして心臓が止まったのか。
それとも飛び立つごとにそれを覚えて
記憶が重くなったのか。
マラビア通りとコリエンテス通りの
角にあるカフェ・コロンに
集う者たちは、のろい時の歩みと
優しさの痛み、他者となる空想、それに
ヨシフが立ち上がって話す
あのテーブルを覚えている。「亡命は今日だった、
自分の住む洞穴を巡る動物の恐怖ほど
恐ろしいものはない、
戦いに倒れた者は不機嫌に体を預ける、
幾つも傷があるのではなく、
誰にも閉じることのできない一つの大きな傷がある」
見たことがあるか！
まるで鳥が部屋のカーテンを開け放して
太陽を呼び込むかのように！
愛に飢えた者の
無の太陽、際限無い石の跡！
なぜもっとここにいてくれなかった、
ヨシフ、お前は習慣の嵐に晒されて
見捨てられた宇宙。
国は引き抜かれることなく、
理解に満ちた心で横たわる。

ルイス氏

ありがとう、同志セルヌーダよ、
ありがとう、この情熱の冷めた時代に
人間の高貴さを思い起こさせてくれて。
しかも、空き家に射しこむ太陽のように
美しく思い起こさせてくれてありがとう。
空き家を夢の記憶で満たすばかりか、
また戻ってくる夢まで吹き込んでくれた。
ありがとう、嵐の隙間に
幾つかの幸せ、そして希望を
翻す言葉をくれて。
子供のように透明に君は逝った、
だが違う。
閉じゆく影に
逆らって我らは踊る。

刻印

あの場所についた疑問符、そして
日付の間違いが示すとおり、
今は悲しみがあって当然。
明日はどうだろう?
自分の手を離れればバラバラに
なるものを縫いながら裁縫婦のつく息が
数少ない慰め。
水平線に目を凝らしても船は見えない。
船一隻だけでこの悲しみを積み出すことができるのに。
書かれた自分の心は読めない。
いったい誰が、意識の不自然な
断片や、接近や、恐怖を接ぎ合わせるのだ?
明日死ぬとわかるのも恐ろしければ、
明日死なないとわかるのも恐ろしい。

我々は我々なのか?
バラバラになっても。

祖国

オルガ・オロスコに

白熱した空気がいつお前に触れるのか
知らなくてもかまわない。
大事なのはお前がそれを身に受けること、
そしてもっと大事なのは、
そこからお前が優しさの国を開けること。
夢は自分の正体を知らない。
空気も自分の姿を知らず、ただやってきて
お前の美しさで美しくなるだけ。
その水晶のなかでお前の顔は
祖国のように歌声をあげる。

隣人たち

アンドレアに

少し娘から離れて、
祭りの邪魔をしないように。
新しい彼女が岩を打ち、
波が白い鳥の下で
過去を飲み込む。彼女は
変身した自分を訪ねる。そして
痛みの誤りに
まみれながらやって来て、
日を踏みつけるその仕方には、
目に見えない輝きがある。唇の後ろに
唾液のなかで法となる
名前が待ち受けている。
彼女の気品が見えるのは
太陽に向かうとき。

他の詩人たち

肉体から発せられた無知は
肉体ではなく、
ダンテの地方的痛みに
似ている。他方、
カヴァルカンティが知ったのは
「空気を光で揺らす」無知、
それはあたかも
朝出来た唇が
驚きのニュースに口づけするよう。
もてはやされるカヴァフィスは
今や誰にも嫌がられることなく、
目を泳がせながら
慈悲の心などないと言う。
まだあの地からお前が
戻る時ではない。カヴァルカンティには見えたが、
私には見えなかった貴婦人の姿が
私に監獄の悲しみをもたらす。雨が降り、
堂々と光った欲望を
私には開けることができない。夫人は
心に槍を投げていた。

重み

アンドレアに

少女のしぐさは
居心地の悪い奇跡、
ぐったりした心が腰掛けた
椅子を揺り動かす。
そのしぐさが弱点を覆い、
掲げた小枝が空を揺さぶる、
そして私は跪くのではなく、
動物のような声で歌う。
初めて感じる波が私を
生々しい過去の欲望へと誘う。
奇跡の不条理な
重み。

ハンカチ

母に

よき日曜日の色は
欲望の
坂を上り
私に
指を
沈める女のようだ。
決して繰り返されないもののなかで
何かを求める目に触れる。
午後は絹のハンカチで
悲しみの工場を包み、
我々が揺らめく
ところまで進む。

出来事

マラに

なぜお前を愛しているのかわからない。
だからお前を愛しているのだろう。
カトゥルスの舌のように私の舌が、
欲望の二重の夜に落ちる。
お前を離れて過去に
戻る者はいない。
避けられない言葉や、
繰り返される痛みや、
高い闇の隙間が黙る時、
すぐ後に続くお前の契りを認める。
お前がくれたのは誕生の欲求。
口からの跳躍。

鏡

ジョゼ・サラマーゴに

罰を受けた夢は自らの
夢のなかにとどまり、
恐怖をはためかせはしない。
記憶を持ってどこへ行くのだ？
木立の間に
本当の時間の影を
追い求めて。他の様々な
夢だった夢は、今日
別の夢となり、それをまた別の夢が
否定し、その存在まで否定する。
偽の出会いを望まず、
自らの顔を写した鏡は、
動きを止めて、未来にも
朽ちることのない輝きを
内にとどめた。

違うのか？

軍人たちは、リシエリ将軍高速道路から
数メートルのところにある強制収容所を
ベスビオと呼んでいた。
この名がついたのは、
焼けたタイヤと混ざって
同志たちの黒い煙が
柱となって立ち昇っていたから。
陽気な者たちが陽気な
空気を殺す。獣たちが
数多の神秘をかき乱し、
不正の神秘だけを築き上げる。
生が靄となって、
進むことすらできないこともある。
心の失敗は午後に落ちる、

飛ぶことを忘れた鳥のように。
生を失ったその姿は、私の心に
放尿する夜のようだ。

本心

国よ、そこにいるのか？　言葉が
進み、その啓示の空白に
突き当たる。
その骨は熱を帯び、誰に
書かれたわけでもない不確かな夢となる。
今朝のなんという不潔さ。
そこで口は白く、
翌日にはありもしない
本心から切り離される。

知っていたのか？

母に

玩具店で私が見たのは、
老いの素直さ、
その火のような感触、
ありえない連帯感。誰が
虚ろな者に
世界の二たす二を解いてやるのだ？　雨を
眺めて、夢を真似る者たちを
訴える。
死者たちは再び
私から自分の言葉を発する。知っていたのか、
のろまな忠告を遺して
あなたが行ってしまった時に？

M・A

こんなふうにお互い訪ね合って、
お前は死から、そして私も
その近くから。すると少年時代が
時の流れに指を
かける。なぜ
角を曲がると不意を突かれたお前の
あどけなさに出くわすのか？
恐怖は度を超えた音楽か？　それとも
お前の夢見た光が
住まう煙の家か？
鉄の掟に
従うお前の孤独か？　記憶は
ありもしない過去にお前を呼び戻す。
死に取引はない。
唾液は冷え切って、お前の重みは
私の願いに及ばない。

予言

カモメが飛び交い、誰も
存在から救われない。
あの世から
侮蔑のない世界を求める
仲間たちですら。私は
物思いにふけり、彼らが
愛から転げ落ちないよう気を配る。
少なくとも私は私だった。彼らは
真実の過ちの代償を払う。
その縁を歩きながら、あの波、
あの感情、そして、彼らの揺れた
影が発する予言に耳を傾ける。

曲がり角

悲嘆に打ちひしがれた者たちの過ぎ去りし愛。
挫折した自由と、目的を果たせなかった若者が
私の目前で沈黙する。
二本の綱に挟まれた偉大なる師はどうした?
私の失った数々の命が
そこにあり、声を上げている。
これは詩ではない。
本当の出来事を伝えているのだ。
息子のこと、そこには
あれほどの海があり、あれほどの影があった。
言葉が現れるだろうか!
できるだろうか!
そこで角を曲がり
私を見捨てる。

パコ

私の見るラバの夢は
君の望む生き方に
包まれる。あるいは
「よるべなさ」と君が言ったあの時、
無が広がるあの場所、
ラプラタ川を前に
月の光を浴びて悲嘆にくれながら。
漁師たちが川からしきりに
欲望の影を引き上げる。
今、君の光で
君の姿は見えない。

焔

エドゥアルド・ガレアーノに

古の焔は消えない。
嵐、
無慈悲、そして
捨てたものすべてが逆らっても
求められた体のように揺れ続ける。
際限のない血が最初に心を、
日ごと怒りを新たにする心を
汚しても
悪の失敗を追う。
書かれた焔は失われない。
自ら作り出す不確かな地を
訪れ続ける。

運

マラ、お前のおかげだ

決闘は夢で敗北に敗れる。そして
完全無欠の光が輝く。
夜の複数的時間と単一的時間の
狭間にできた空間が
眠った宇宙のなかで
鉛の血を流す。
乾いた消滅があり、そこには
草も枝も育たず、
私たち二者が居合わせる、
殺す者と殺される者、
くすんだ数珠と悲しい数珠。
葬り去られた言語のなかで
記憶がその動物を踏みつけて歩む。

感情は、出発点となった空っぽの
楽園には戻らず、
私にとっての私が
怒れる過ちと化す宙を進む。

捺印

まばゆい朝が
町の屋根を昇って
焼けるような一日が始まる。子を
背負った女の手から、
他者が姿を消し始め、
そこに田舎の空が
押し寄せる。
その手はまるで
スピードでひび割れた真空のよう。
起こらなかった出来事と同じ大きさ、
今そこにとまった蠅は
女が立ち去る通りより
もっと存在感があり、
手は宙に
捺印を押し続ける。

どこに

マラに

内緒話の顔をしたコルシカ人が
私から一片の痛みを引き出した、
ここはあいつの通った黄昏なのか？　あの時わかったのは
曖昧な雨の姿が
失われかけた感覚の悲しみに似ていること。
少なくとも明日までは傷口も黙っているだろう。
そして家に戻り、
答えを追い求めず、
来客のように
自分のなかに入ってもいい。
私は自分を訪ねる亡霊なのか、
それともただなんとなく私が亡霊を訪ねているのか。
カマルゴ通りで
今死んだばかりの犬の通夜に出ているのか。

人の心、他人の心をくまなく探ると何があるのか？
過去が繰り返されるのか？
捨てられて枯れ果てたのか？
明日音楽が築かれたのか？
世界よ、お前はともすると
時間に小便された写真となるが、
私はそこに写ったことはない。
内側で書けないことを私は書く。
さっきの黄昏はどこへ行った？
人々に残された残骸を集められたら素敵なのに。
実は私の語るのは未来。
そうでなければどこに居場所がある？
そう、どこにもない。

アンティゴネ

刻々と扉をくぐる女は
自分にはない場所に住む。
彼女のなかで町は死んだ。
着物のように怒りを引きずり、
犠牲を受け入れる。
代わりの世界は待ち伏せ、
消え、住処も
情熱も彼女に求めない。
彼女を求めるだけ。
知らない場所で己を知り、
明日も姿を変えはしない。

神

疲れきって、さまよって、
今日の雨でできた水たまりを避けるように
失敗をかわす。書いたものを
読みたがりはしない。誰にも
演じることのできない役を
与えられた者。
狂人だけ。
消えゆく午後を眺め、
夜が永遠であれと
あてもなく待ち望む。

ルベン・ダリオ風

太陽がかすんだまま
病へ歩みを進める。
灰色の空の下で歓喜に溢れ、
夜も太陽に満たされる。
内的天文学にあるのは
塩の天体。
私が昨日を奪われれば、
昨日は今日に充ち溢れ、
電車も通らない駅に腰掛けているだろう。
朝は借り物の
仮面を剥ぐ。
毎日少年時代を
後にする男子はどこだ？
それが絶望なのか？　表向きの
顔が指を伸ばし、可能性を
広げる火に触れる。
回転する苦悩が
眠れぬ枕を
灰にする。確かに
今夜は自分でいることをやめた。
乳歯を見せて泣き崩れた
理解を試すために。

今年のクリスマスには

マラに

齢の船を押し進める微かな
風や、誰にも触ることの
できない時間は
いかなる熱の上を通るのか？

夢の家も、真昼に
動物のように燃える
お前の手もここにあり、それが
前は暗かった部屋でのこのパーティーとなる。

ここでは窓が
陽に焼かれたお前の空気を呼び込み、
目に見えるお前の体と他の体が訪れる、
すべてが叶うようにと。

踊り

未来を失った角で夜を探る男。
月のように白い水から
古い秘密へと向かう間に
読んだもの、書いたものすべてを
過ちと交わるなかで失った。
彼とは過ちなのか？
苦しみが消えれば
ありもしない愛に疲れ、
こめかみには時が
しおれた薔薇のように開く。
体が過去に縫い付けられて、
初めてわかるだろう、起こらなかった事件のなかでしか
起こりえた事件は起こらないのだと。
そして見るだろう、美の不完全な根と
その動物的な幸福、そして不確かな真実を。
世界が女性化し、
失った手で彼自身が
影を振り払うあの広場で
踊る人々のように不確かな真実を。

イワン

次々と流れてくるイメージにぼんやりして
子供は話がしたいと言う。
スプーン、グラスでいっぱいの食器棚、
家族サイズの長テーブル、そしてテーブルクロスが
大陸となり、国となる。
牛の目をした子供が訪れ、
再び立ち去る前、束の間だけそこに住まう。
コップの内側が手の動きを導き、
音楽のような
空気をつかむ。そして
闇の感覚をもみ消す。
世界に思いをめぐらせ、
今日の残骸を掃き清める。

NOW

それで、物乞いをする子供は？
それで、魂の可能性を売った子供は？
不思議だ。
人間の思想の残骸が、
冷めた情熱に崩れ落ちた街角に
山積みとなる。汚れた
曙光が街から流れ、
火の肺で息をつく夜の
怒りを鎮められない。
世界の本に厚意という言葉は
書かれたことがないのか？
犬のように意識の
なかに籠って、終わりのない
不幸や、痩せこけた夢や恐怖、

その愚かな非現実性を震え上がらせ、
田舎のホテルで人生と
存在せぬものすべてを愛してみたい。

カトゥルスとともに

「風と速い流れのなかで書くほうがいい」、
怪物を生み出す国には
誰もとどまらない。

「私の愛を愛する者」は気づくだろう、
私は私でないと。人当たりのいい
私の妻の「重い熱気」は
私を包む驚き。
私自身にも、
毎朝
軽々しく私を起こす
行き場のない怒りとも関係はない。
魂に内側は無くなるのか？
それはお前を眺める魂となって、「何も残らない」のか？
愛するお前よ、どんな真空にいるのだ！
「生の残酷な夏、あるいはペスト」が
貧相な市場で陽を受けて
その断片を輝かせる。

昨夜のマラとの会話

ホセ・アンヘル・バレンテに

思考の檻には
送り主のない愛は入らない。
嘘が地球を覆いつくす。
訪れることのない客もいれば
借り物の親戚もいる。『椿姫』を
歌うテノールだった父を娘が
打ちのめす。
声が血のなかに横たわる、
まるで太陽の下の命のように。権力が
名高い毒を身に纏って通り過ぎる。
反対側で私たちは悲しみ、
疑わしく悲しい怒りに満ちて、
充実した空虚な愛も
憤慨に萎む。だから
世界には散文があるのか？
時々私は完全に姿を消し、舌の
隅で夜明けの断片が
弾けて開く。

月

書くのは
生に書かれ、そして
生の知らないことについて
書けると信じているから。例えば
待つことに長けた秋、
痛みを感じることの痛み、
現在という時を
飛翔によって
過去に変える鳥。
イメージが世界を形作り、
街を焦がす太陽は、
焼けた小麦粉のように
私の部屋でパンを作り出す。
自分であることとは何も持たないこと。

月のように
目に見える世界に浮かぶ言葉に
黄昏がのしかかる。

エドゥアルド・ミランと話しながら

十分に腐ったものは
腐りきっている。政府、経済的、
宗教的、政治的、軍事的、
学術的、芸術的、その他あらゆる権力、
そしてそれを味わう代償。
足を痛めた隣人の空気が
肌の上で淀む。私に向かって「さよなら」と言う、
「さよなら」、そして昼の檻には
さよならを言う私自身が
描かれている。旅の道連れたちが
敬意を表す時だ。
場末の真ん中で木が黙る。
どうしたら怒りをうまく使えるのだ？
この悲惨、この完全性、

コーヒーを包む役にも立たず、
言葉の足下にひれ伏す
この意識。

オルレッティ・モーターズ秘密収容所

真空も掴まず
夜から手を引く者がいるのか？
舌を回し、その「決して」の穴に
触れることができるのか？　以前は
まるで存在しなかったように見ることができるのか？
そして何が、何の後で、そしてその後どうなる？
どのくらい血が流れる？
言葉すべてを掴み、踏みつけ、
別の光へ、別の口へと差し向けよ。
喪失へと飛ばせ。
新たな始まりのために。

帰還

恐怖を通った
言葉は何をするのだ？
無防備に
妄想の平原を通るのか？
大人しくなるのか？　腐るのか？
魂を欲しがらないのか？
痛めつけられても犯されてもまだ愛を残し、
怯えて黙る子供がいるところで
わずかに形をとどめているのか？
恐怖から
帰還した言葉は、罪のない地獄で
恐怖に名をつけるのか？

王たちの夜

少年時代の糸の
内には多くの糸がある。
大きな動物のなかで錯綜し、
何度も何度も
編まれてはほどかれる。その糸を
見つめていれば見なくてすむだろうか。もうあの国に
戻っても手遅れだろう。
正面の木と
過ぎゆく雲を
太陽が覆いつくすとき聞いた
何かのようだ。

ダフネ

古い色を覆った新しい喜びが、
何という祝祭を催すことか。
ダフネは羽となり、
石の理性に光と時を注ぐ。
正義を踏みにじる町では
彼女に宛てた詩が書かれる。ダフネは
紙の締め付けから逃げる。
誰も彼女には及ばないが、
時々彼女は現実の屈辱に
まみれている。
胴長の馬のように、まだ書かれたことがない。
過去の木の上に
そのまばゆい姿が見える。
彼女は悲嘆にくれるばかりで、何も与えられない。

自分そっくりの驚きですら。
思い出にすがって、柔らかな自分を、
少女だった自分を、一瞬でも取り戻そうとあがく。
スカートを揺らす風に
目を閉じると、
終わりのない命が彼女に降りかかる。

今夜のマラとの会話

トラルパンの鳥が鳴き、
コソボに爆弾が落ちる。
二つの音の間で感情は
国籍を失う。私の後ろを
通り過ぎたカフェで、いったい私は誰だ？
過去の私が何をする？
鳥のように鳴くのか？　私の身に起こるのは
除去、毎日の経過、
そして自らの死を
くすねとられた男、夢の去勢牛に
引かれて聞く音。
痛みを知らぬ
新たな魂はどこだ？
目に見える問いは発されない。

愛で腫れた部屋が
たるんだ目をして回る。

歴史と詩人たち

言葉の呼吸が
貧弱なモラルの
連続を生み出す。他は周知のこと。
その沈黙は決して閉じることがなく、
角を曲がるときも
口に夢は現れない。モラルは、
正当なものも疑わしいものも、
終わりのない悪夢を語る。
ぼんやりした者は
考えなくてすむように何かを求める。
彼と彼自身を隔てる距離に
言葉の不幸が起こる。

名前

父の名はホセ。
なぜホセか？
なぜホセという名だったのだ？　しばし
この問いに父の姿を思い浮かべる。
なぜあなたはホセだった？　その問いに
あなたの姿が見えるのは、私のことを
思っていないからなのか。あなたの
妻の顔のなかで言葉は
言葉を欠く。
過ちの行列に彼女の姿をみとめた。
そして今も私は腰掛けて
あなたの敗北を待ったりもする。
昼間がそんな
病でしかなければ

陽は照らない。未知の
何かを中途半端に知らせながら
午後はとばりを下ろし、私には
あなたが息絶えた寝台と
静止した沈黙が見える。
なぜホセか？
なぜホセという名だったのだ？

詩

マラに

医療技術の進歩には
心臓を支えるバイパスもあれば、
小さな穴から
胆嚢に入り込むレーザーもあり、
未知の闇に逆らって
体を押し進める多くの道具がある。
こうした命との接近を見て
理性は泣き声をあげる。
誰も研究しようとしないのは、
愚かさの神経、悪の静脈、
苦痛の骨髄、そして
ためらいがちに辺りをめぐる
苦悩だらけの骨。

そんなことは無意味、手の
施しようがない、心の病につける
薬はない、と言う人もいる。
今夜もいつもと同じ、
そう言う人もいる。
しかし今夜の詩に歌われるのは
決して得られないもの。
過去は、お前の姿を見た
盲目のカナリア。
お前のイメージの空白に
広大な太陽が照りつける。

幾つもの都市

そう、恐怖に晒されたリスボンの優しさ。
世界が曇ってもここは晴れ、
世界の悲しみが集中する。
停止した幼年期に向かって飛ぶ
天使は、眠ったカナリアの窪みに
これほどの光をあてたのか？
太陽のカーブに焼きつくされた
口のなかで舌が生きる。
川のほとり、町と語らう絶壁のそばに
起こらないことが起こりそうな
容赦ない遠景のようなものがある。
私にとって私であるものを
私にとって私でないものにどうやって結わえよう？
空っぽの死に私は憔悴し、

部屋には私の過去を利用する男がうろつく。
見つかったものを探す動物の
足跡に揺られた
透明さか。描き出すものを
夜通し見守る発話。待ってもいない
ものに感染した通りの
緩やかな幸せ。

二重の太陽

いつまでもマラのために

怒りと悲しみに燃えた二重の太陽の下で
人生は続く。
怒りと悲しみに燃えた二重の太陽の
下で人生は続く。
そして人生は続き、怒りと
悲しみに燃えた二重の太陽はめぐる。
木を愛してもいいだろう。
屈辱の景色を愛してもいい。
時の輝きが女の
肩で息をつく。
姿を見せぬ思いが
ここから去っていく。夢は
その扉を閉ざし
また新たな夢が始まる。

書きながら

陽も照らぬ廃墟の影に
事件の主人公たちがいる。
何世紀もの時がここで流れ、
クセルクセス一世か二世が通り過ぎ、
大帝と呼ばれたアレキサンダーが通り、
いつも同じ血、同じ
戦争、同じ歴史、
力のある者とない者の争い。
突き当りの家で
無力に叫び声が消える。
実体のない生が実体のある生と溶け合い、
曲った火が、
通りでゆっくり眠った動物
たちを温める。

連続

セラーノ通りとコリエンテス通りの角を
少年時代の私が通り、
まだ何もわからない。心が
虚空との絆を強め、午後は
乾いたハンカチのように広がる。
腰掛けた通り、別れの通りがあり、
来るべき過去に口笛を吹く。

何か

もはや肉体にも
尋問に漬かった肝臓にも
無愛想な亡霊にも注射は効かない。
それが不規則な心臓を傷つけ、
何度も訪れる痛みで
（あの痛み、別の痛み、いつもの痛み）
世界は夢も見ずに眠ることがわかる。
真実は片隅でじっとしているのか？
明日にはいない少年が真実を吠える。
行き止まりで喜びが
足を止め、何かが
生の輝きを奪った。
自分を見失った宇宙で
哀れな命とその怒りは
生をそこまで軽蔑するのか？

少女マルセラがパリで展覧会に行く

ルチアーノ・スパノーに

お前の目に触れた絵は
疲れて眠れないようだ、
それにその靴が
姿のないお前を踏みつける。
心のスイッチがうまく入らず、
薄暗い光の周りに
永遠の窓があって、
そこからお前が覗く。絵は
お前の残した視線を真似る。
その感覚の下で
脈打つものは何だろう。
お前の着衣が飛び立つ音が聞こえ、
ヴァン・ゴッホの夢見た色の
熱い粉を舞い上げる。

ブルース

自動ピアノの音が暗闇を二つに裂き、
二頭の馬に変える。古いブルースが
鳴り響き、私の感じない痛みが
痛みに似てくる。
なぜ私の痛みに入り込むのだ？　誰が
綿摘み奴隷の歌に
別の痛みが入り込むと言ったのだ？
すべては昔のこと。
時とともに失われた顔が
時の顔を作り出す。

つる草

まっすぐに伸びた植物が天井に届き、
窓を囲む緑色の真四角が
世界に一人たたずむ。静かに
葉が漆喰の上を動き、黄金には、
朝の後ろで熱を帯びたガラス
ほどの価値もない。
時代の神を疑い、
夢に耳を傾ける。

通り

カフェに腰掛けた人々に
理論はない。煙草売りの
老女が引く車に
不器用に結わえられた神秘。
太陽のもとで
消えることのないその影が秋を告げる。
形の崩れた手をしているのは
どういうことだ？　すでに
死んだもののなかですべてを吐き出す。
通りは曖昧に区切り、
完全に
現実味を失った。

北へ

過去は自らの死とともに死ぬ。
周りの隣人は沈黙に
沈む。二つのことが
同時に起こる。
来るべき未来の埋葬。
視線が視線を遠ざけ、
出来事が疲れ果てる、
まるで町が何も洗い流さないかのように。
比喩によっていかに多くが失われることか問うてみる。
私の愛する女の内側で、
何が宝石のような今日の朝を洗うのか？
秘めた恐怖に泣く少女を
迎えに飛び出す。
影になすすべはない。

物乞いの言うことを聞けば
顔から血の気が引くだろう。
一瞬の命もないまま。

ノー

獣が前を通り過ぎても、
我々はそれに気づかない。見覚えがあるのは
閉じることのない石で出来た家を
遠ざける書類のなかで
苦しむ空気、汗ばむ午後。
夜になった憎しみが
足のように埃を上げ、
世界にとって代わる。
見てもいない夢に現れない者は
未知の出来事を糧にする。

固執

昔の本を読んだのは
すべての地平はその前の地平と
繋がっているから。
小宇宙から大宇宙へ、
家庭の経済から
国全体の経済へ、
毎日の家庭的苦痛から
世界規模の強制収容所へ、
石で夢を殴り、
火花を散らして、何かを見ようとしていた。
言うに言えない言葉を
引き出そうとする突き出しから、
驚くほど人がいないところに
恐怖の小道が飛び出す。

過ちの急降下に向かって、
後生だからどこか他所へ行ってくれと言った。
葉を失って秋が始まった。
よそ者だらけの
日々の出来事。

臭い

お前の白いバラの後ろで
今世界に漂うのは何？
喪失の臭い。
お前の眠らぬ温もりの後ろで世界に漂うのは？
喪失の臭い。
湿った悲しみ、行方の知れぬ子供の臭い。
世界は大きく、喪失はさらに大きい。
失われることがないのは喪失だけ。
過ぎゆくお前の体に
知りもしないことを書きつける。

修正

昨日の鳥たちは、
金の肝臓があるのに
未来の表情を間違えた世界の
息をくちばしでつつく。
世界は恐怖のようにやってきて、
人目を忍んで泣く。
痛みの外で作用する
痛みをわかりはしない。

無知

子供の私が知らないことは
私も知らない。私の町の
通りは、まるで黙りこくった
心臓に付けられた
疑問符のよう。牛乳の入った
カップ、粘土の
輝きを浴びた母牛、生きている
父、私が腰掛けた
悲しいぼやきと黄昏は
何の予兆なのか。
時の輪が戻り、
もう逆には回らない。
過ぎ去った煙が
ここで燃え上がる。不確かな
風が私の揺りかごを冷やす。

詩

マラに

お前の声が
世界を止めて
違う言葉を授ける。そして今
陽の沈黙のなかで回る。幾つかの
海があり、お前の抱く海のイメージは
海より美しい。お前が
声を出すとき生まれる島は、
お前が黙ると
うごめく私の命のなかで
沈む島へと旅立つ。
そして時計が私たちの
肉体の安らぎを装う。

ノート

フアン・ブニュエロスに

神よりも上手く詩を書くと
言い張る者たちに、ニオベのような
天罰が下ることはあるまい。女神より
編み物が上手く、それを口にしたために
息子たちを殺され、
さらには
大理石にされたあの母のような。いや、
それどころか今日ではそんな詩人たちが
奨学金も、地位も保証され、
大使に任命されることもあり、
吐く息まで大理石の像になる。
嘘にうんざりした言葉は、
そんな決定にも目をつぶる。

自分だけで十分、
何だ、誰だと訊くだけで十分。
存在と虚構の存在の間で何を
話していいのかわからず、
何も書かれていないノートに
書き続けるだけでいい。

蛙

自分と自分の間で
夏を広げる者は、手に
しなかったものを失う。新しい景色を前にして
さらなる亡命が彼に見える。
過ぎゆく日が、
世界的怪物の成熟が、
彼の首に縄をかける。
蛙を手にしたまま
彼は己の非現実にしがみつく。

詩

マラに

書いている彼を、彼女は
そっとしておく。もの言わぬ
彼の邪魔はしない。そこで彼女は
自分の手の強さや
冬の膝や橋の音を出して、
幼少期との
秘密の行き来を眺めるために
身を屈める。
彼女は詩をハンマーで叩き、
誰に見られることもない。

エドゥアルド・ミランとのおしゃべり

今夜はいつもの
来客を待つ。
過去を呼ぶ汽笛が絶えても
過去は現れず
空白の色だけが残る。
いつもこうなのか？　まだ
過去に温もりがあるのか？
犬でさえも内に
夢を秘めている。
差し出された手のそばを通り、
その手を消す仕草。
夢もなく夢ばかり追う。
書きもしないページが
私の死を呼び起こす。

著作権

小切手が
詩集の値段を数字化しても
詩集の詩の値段は計れない。
詩集の販売部数は計れても
詩の読者数は計れない。
自由な市場という観点からは
（そんなものがあるとしての話だが）
詩的自由（そんなものがあるとしての話だが）
の市場とは何か。
黙りこくった朝
声を出す地獄が
詩人は救われるとうそぶく。
通りに座った男が
帽子を置いて物乞いをし、
もはや手も動かさない。死んだ光。
驚きがこの災厄を喰う。
戻ることのない午後に
さよならと書く帆船の
著作権を誰が払うのだ？

テポストラン

親愛なる大詩人アントニオ・ガモネーダに

辞書の言葉は
本の言葉ではない。
本の言葉は
話し言葉ではない。
曙光の言葉は、
今この瞬間、枝の間に雲を抱いて
根元に突き刺すように
地面に傾いた木の
言葉ではない。
そんなこともある。ここに見える月と明星は
言葉ではなく、ここに見える
月と明星でしかない。
血がものを思い、月は
口を閉ざす。それだけだ。

消す

エドゥアルド・ミランの詩に

私の愛は二つの形、
現在の一日、そして過去の一日。
窓から鳥が入り、
すべてが停止する、愛すること
愛されること、すべてが
今日から明日へ、夜を
青く染める君の髪へと飛び立つ。
幸せの恐怖を消す
君の手のように。

それ以外

ウーゴ・ゴラに

燃え盛る息が宙に
祖父の写真を掲げ、
家が焼け、過ぎ去りし
日が燃え上がる。それが美しいのか？
美があれほどの血を隠し持って
いなければ、忘却に身を売っていたことだろう。
生々しい鼓動から美が立ち昇る。
深い夜にはあらゆる
体験を味わうが、
波打つシーツのなかで
幸せな気分は味わえない。

幾つもの物語

そよ風、言葉、木、
それだけが
来ることのない子供のポケットに収まって、
か細い糸で刺繍を施す。濡れた草が
夜を隠し、誰にも
あの国は見つからない。物語は
橋を越えようとはしない。まだこちら側の
知らせを待っている。

衝突

待つことが体に染みつく、
情けも安堵もない
濡れた紙のように。
災厄が光を求め、私たちは
理性の包みを探し、またもや
獣が、満杯になった
囲いへと導かれる。

帰還の繰り返し

また戻ったのか。
何もなかったかのようだ。
収容所などなかったのか。
二十三年も前からお前の
声も聞かず、姿も見なかったのではなかったか。
緑色の熊も、長すぎるお前の
外套も戻り、私もかつての
父親に戻った。
切っても切れない父と子の関係に戻った。
終わりのないこの鉄の世界に
終わりはあるまい。
決してお前の終わりが終わることはあるまい。
何度も何度も戻ってくるたびに
繰り返し言って聞かせる、お前は死んでいるのだ、と。

それ

今度は私に雨が降る。詩は一人ぼっちなのか？　自分が見えているのか？　いつも言ってきたことを言えと言われて殴られているのか？　鳥なき鳥？　詩なき詩？　あの広大な沈黙？　触覚も情熱も狂った体か？

支払い

書くことで自分から自分を追放する。すると見なかった夢が実現し、その空白に住まうすべてが可能になる。怪物、天使、そして、彼を認めない動物、切られた彼の手では触ることのできない生物すべて。

縛られた者

語らずに書くなど生活せずに生きるようなものだ。言葉は無垢でも、言葉の作り出すものはそうではない。語る者は一方に「義務」の柱を、他方に「存在」の柱をスケッチし、手にした沈黙を後者にしたためる。一つの言葉に含まれた幾つもの顔から石を作り出し、日々の最期までそれを眺め続けたい。その顔の口からさらに多くのはかない顔が生まれる。そして詩人の仕事とは石を噛み、夜の歯茎から出血させること。その夜あてもなくさまよい、すべてを、特に自分を疑りながら、存在すらせぬ人魚のように歌声を上げる鏡を覗く。詩人は己の無知の太い棒に自らを縛りつけ、死ぬほどの恐怖と生きる希望にすがりながら、己のなかに落ちず、もっと大きな冒険の国を目指す。ただ痛みだけが、生死の狭間にある彼を顔だらけの虚空に縛りつけ、そこに自分の顔がないことに気づく。そしてすべての顔が自由になるだろう。

見せる

記憶のなかには言い表すことのできない言葉がある。長い間、狂った馬のようにそれが善も悪も生み出す。記憶の目を覆うことなくそんな平原を駆け抜けて、記憶を止める。ありもしなかった欲望も尊重する。無で答え、災厄に立ち向かう勇気を見せる。

旅

詩には言葉を浄化する油がある。生よりべたつき、いわれのない染みを我々に残す。そして焼く。それが作品の動力であり、過去を自らの過去へと戻す。

そうだ

踏みしめる足には苦痛を逃れる法則がある。子供たちが、苦い愛が、長く続く道がある。そうして心が体に縫い付けられ、光の先端がとがる。敗北の埃を払う。

そうだ。

民主的選挙

私の手にした太陽の影が
テレビでしゃべらず、
太陽にうつる手の影も、
通りで物を乞う子供も
テレビでしゃべらない。
変わることのない骨で
壊れたアコーディオンを弾く。

怖れ

真昼の亡霊たちが現れるときには
広がる太陽の助けがある。
亡霊たちは未来を怖れ
その長さを問う。さっさと立ち去りたくも、
死にたくもない。夜を
求め
夜に血を浴びせる。

ねえ、マラ

私は実世界から消され、
向こう側で歌うこの黄昏に
酔いしれて、アンジェラスは
鐘に跨って横切る。
天は血を流して息絶え、
私には誰も何も見えない。見えるのは
お前の白い視線のなかで起立した
青い鷺のわきで
燃え盛る火だけ。
昨日を焼き尽くし、
時の残した屑を灰にする。

鉄

皮膚が衝突を引き起こし、宇宙は
自分とぶつかる。欲望の宇宙が
届く範囲は、宇宙よりも
広い。しかし私は
息子へと続く
皮膚と、飛び交う言葉を見つめながら考える、
火のないところに煙が立つ。それは
瞬時に燃えたもの、それは
鳥の目をした
鉄の穴。

代償

濃厚な歌から
突然の光がこぼれても
マーケットではそれが見えない。
マーケティングの旦那方も気を緩めたか。
すべてが現金やクレジットで支払われるわけではない。
狂気の予防等々。
そして今この詩は
国から手を抜き出した父の
悲しみの上にたたずむ。
何も知らないかのように
光を当てるのに専念した
歌声とともにすり抜ける。

中心

谷から天を見るのか、
天から谷を見るのか？
地上の谷の痛みは完全で、
天では痛みの理念が記される。
これは神のせいなのか？　というのも
私は眠れず、何かのせいで
咳がとまらない。感情を排して
自分の姿を眺める。我々のしていることが
わかってもらえる日は来るだろう。
獣が四時を刻み、誰も
まだ目を覚まさない。風が
神聖な仮面を持ち上げる。
前へ進む、
実体のない中心から飛び出して。

測量

言葉は尋ねる、誰が
時を焼くのかと。無駄な
問い、かもしれないが、
言葉はそんなもの。他者の
間で他者とともに
歩みを止めて動かぬ証拠に
自分を見つめる。言葉の
科学とはおそらく
心の病気、
ゼロと心の関係のようなもの。そこには
ゼロも方法もなく、何の計算もない。
そこには別の寒さが、別の文章があり、
フェルナンドが読んだものを変える。
魂から数メートルのところで

生起のなかに存在した過去の
知覚的交通が起こる。何だって？
と詮索好きな女が尋ね、
過去とは人生の汚点だと言い張る。
言葉は過ぎ去っては
あやふやな仲間のもとに戻り、
真実より複雑な現実に帰る。あるいは
現実より複雑な真実に帰る。
鳥の飛翔は、鳥よりも複雑なのか、
と問う。いつも問いかけ、
外から内へ、内から外へと動き、
自らのふるまいを測量し、
議事録もなく会を閉幕する。

ガスの元栓

詩人の妻は
心のかまどから
出来たてほやほやの詩を
いつも読まされ、聞かされる。それに
詩人の妻は
詩人から目を離すこともできない。
どこにガスの元栓が
あるかも覚えられないし、
何か質問するふりをしても
本当は答えのない質問にしか
興味のない、あんな男から。

「ガスの元栓」の脚注

「ガスの元栓」を読んで
詩人の妻は怒った。
言語のメタ言語や、
言葉の曖昧さや、
言葉が生み出す傷口によって
ガスの元栓がどこにあるのか、
どう開け閉めするのか、
わからなくなるはずがない、と言う。確かにそうだ。
詩人が間違っていた。
いわば言葉の鍵は、閉まることも
開くこともないし、消えたふりさえする。
それはメタ言語も、傷を開く曖昧さも、空白も同じ。
キッチンの現実には落ち着きがある。
開閉して役目を果たす栓もあり、
この世には開閉するものもあることを
証明する役目を果たし、
閉じることのできない
私の頭のなかで昨日から鳴り続く栓もある。

犬

詩は食事を求めない。
恥も外聞もない者たちが
夜の間にふるまう
貧しい食事をとるばかり。
もはや神聖な言葉などない。詩に
できることといえば、
与えられたものに満足することだけ。
あとは答えも求めず
あたりを吠えまわる。
容赦ない街で
迷子になった犬のように。

ラム酒

ラム酒に書かれた詩と
ラム酒で書かれた詩は違う。
わかるか、カイウス、
そんなみっともないカリブの
風習はやめるんだ。
ワインで十分だろう？
ワイン畑を照らす
太陽エネルギーは浪費なのか？
毎日この同じ目的の
ために姿を見せる太陽の
勤勉を考えてみろ。
そして
お前の詩を掻き乱すリズムは
ラテンではないし、
いかなる記憶にも
不死にも繋がりはしない。確かに
ダリオはラム酒や他の安酒に
ミューズを浸していたし、
マルティネス・リバスもそうだったが、
ニカラグアでそれが起こるには
二十世紀もかかるだろう。お前は
「その日を生きよ」に徹して、
私に奢ってくれ。

音楽

腹を空かせたナルキッソスは、
魚を求めて水を眺め、
自分の姿を見出した。
この歴史的事件は
死すべき哀れな人間に重くのしかかる。
自分に飢えてはいるが、本当は
自分の姿を見ることもなく、
　　　　　　　　他者に見られているだけだから、
自己主長調の響きを聞きながら
我らを貪り食う
癖がついたのだ。

秋

詩の静脈は
様々な乗り物の
行き交う動脈ではないから、
私は自身に自信なく、
この洒落がどれほど問いを
損ねるのか考える。
本当は過ぎ去りし秋の
ことを話したかった。秋は
黄金の日々の重さも軽さも考えない。
考えない、その自信。
また洒落て自身に問う。
なぜそんなこと、過ぎ去りし
秋、古い痛みを
連れ去って、新しい痛みを
もたらした秋に思いを寄せるのか。
詩を詠み続けながら外に出て
秋から遠く離れる。
さらば、詩よ、さらば、秋よ、
さらば、フアン・ヘルマン、私に
必要なもう一人。
馴染みの壁に
雨が降り、住所も書かぬ
閉じた私の手はいったい
どこへ向かうのだろう。

水

隣人の心配もよそに雨が降る。
どんなものでも詩を刺激する。
隣人の心配をよそに降る雨でも。あるいは、
なぜ悪態の言葉は
一日中光るダイヤモンドのように見えるのだろう?
口は最後の
色まで泣く。私を
一人にしてくれれば、陽を浴びた
水に入るだろう、アルマグロはそう言った。

理念

石が太陽に向かい、それを覆う
理念が、真実との
関係をヴェールに包む、
偽の意識、とエンゲルスは言った。あるいは
意識の形態、とマルクスは言った。
石が太陽に向かうのは、
雛の餌を探す燕と同じ。
母鳥が近づくと、
雛鳥が囀りやまないのは、
私から離れたところを通る私と同じ。
手を伸ばす老女の手は
彼女よりも年老いて、
太陽に向かう石のように
ヴェールに包まれる。

確かに

詩が部屋の周りを回る。
愚鈍に頑固に、と言う。
詩は言葉を眺めても、
言葉に姿を見せない。それでは
どこにも至らない。犬に
どんな横向きの雨を見出すのだ？
何もない。詩は犬よりも
孤独なのだろう。その日が
来れば、ほっと息をついて
陽の光に温まるのだろう。別の胸の
なかで街は狂気に
戻ってゆく。誰も
九月に苦しむべきではない、と言う、
そして夜は待つ。

旅

旅する心は
心の旅人ではない。それは
アインシュタインが相対的に証明した。
結局何が証明されるのだろう？
旅する心は
心の旅人ではないということ。時は
残酷な心に繋がるのではなく、
別のほうを向くべきなのに。

無知

自分の葬儀に現れなかった死者は何をした？
何を見て、何を思い出した？　月ぐらいは
見たのか？　狂気に
招かれた者が
私の無知で夜を殴る。
十月の雑踏の最中、鳥が
南の春に
こだわり続けるとき
彼は我々の死から引き出された。
うなじへの銃弾、
それしか知らない。
彼は崩れ落ち、私が問うのかと
問うのをやめない。

変装

雨が降る。湿った
咳が沈黙を破る。
絵に描かれた雌猫が思いをめぐらせても
世界は変わらない。
憎しみを他所に追いやるには
何が必要なのだろう？
歌声を上げる隣人の間違い。
他者が他者に変装して
私にはもう自分が誰かもわからない。そんな
ことが毎日起こる。無口な
私の手もそのせいだ。

雲

生き残った者が横になって
自分の姿が消えるのを待つ。どうやって
恐怖を逃れて恐怖に立ち向かうというのだ？
子孫もなければ
灰色の鳥もいない。
きっと自分の痛みを
傾いた景色のように話すのだろう。
今も昔もそこを通る者はいない。
彼を恐怖に縛りつけた錨は
両手を上げて
雲のように黙り込む。

事実

外に見える壁の後ろに何がある？
平原、川、それとも馬か？
私の壁の後ろにある私の内側には何がある？
頭でわかっていても知りたくないことか？
多すぎて実体もなくなった
死だろうか？　朽ちゆく
憎しみか？　封じられた口の
穴のような夜か？
光を浴び、遅れた鳥が鳴く
梅の木について語りたい。
しかし状況が変わる。
自我の一貫性は空気のようで、
連続性に欠ける。
その点自分に似ている。
果たされなかった生を吸い上げる。

花畑

言葉の穴には
心がある。誰にも
見えず、穴の心にも
自分の姿は見えないし、
言葉にも見えない。風見鶏が
風を追うこの家では、
かつての痛みがまだ痛む。
女流シンガーがパリに旅立って
自分の歌を見つけ出す。風が
回って花畑のなかを
吹き抜ける一方で、
痛みは痛みへと進む。

つまり

いい詩が書かれる
こともある。すべては
欲望の方位角と、人という
ジャングルのなかに開く
太陽次第。夕方に
雄鶏が鳴く、忘却の
農夫、もう進めない
聖歌隊員、夜と
煙、来るべき
未来を予告する、悪夢の
レプリカ、自分を
眺める顔。

脱走

言葉のスピードは
血のスピードではなく、私には
誰が誰を裏切るのかわからない。どうしたら
地平線が、「いつ?」という言葉に、
そしてすべてを変える待ち人の列に重なるのか?
夜は更けて安らぎに至るが、
「更け」ても私の安らぎとはならない。
私は恐怖に立ちすくみ、
そばで昼間の顔が歌う。
嘘をついているのは、私なのか奴らなのか。その奥を
全速力で
逃げていく動物がいる。

落し物

壊れそうな、あるいは怒りに震えた
状態の詩は
影を落として世界を動かす。
さまよう鳥へ、血のなかで
開いた目へ、あたりに
漂う怒りへ、愛の
恐怖へと。そして午後は
無に向かってその飛翔を焦がす。詩は
生まれたときに話をやめたが、
目の見えない白痴のように
通りで囁く。

説明

あるフランス人の説明では
人は誰もが内に原子を秘めているという。
しかし彼はそれがいつ爆発するかは言わず、
誰もが内に秘めた死体、
子供のような
自分の顔をした死体も
見たことがなかった。
誰も自分で酸素を作り出せないが、
誰もがマスクをつける。
それも死を恐れてではなく、
ひとりでにほどける
織物の断片を
殺す生活を恐れて。そんな
仕事は悲しいだけ。軽く

咳をした彼らは、少し
気分が良くなっても決して
我慢強い夜に野獣を放ちはしない。

終わり

ちょっとした輝きや気品で幕を
閉じること。燃えたぎり、
愛される者が自分の部屋の
犠牲者となるとき言葉は躓くが、
それを避けて導く糸。
子供が
死者の誤りを正す。二重の
意識が黄色いバラを
傷つけてはならない。
いかなる地で亡命が続くのか？　ああ光は、
繋がりの欠落でしかなかった。畝が
亡霊を、
午後のとばりを映したコマドリを、
無と化したすべての香を導く。

何度も殺された死者のように。光が
何度も殺された死者をすり減らす。何度も
殺された死者にとって世界は
傷ついた女子でしかなかった。何度も
死者は殺された。活力の
輝きが衰え、父もいない。
物音一つしない沈黙の近くに
何度も殺された死者がいる。それが
形式の悪癖、殺人者に血塗られた夜を
まさぐる告白。痛みが
七つの時を打つ。「なんと
時間の過ぎることか。」なんと
燃えた恐怖の過ぎることか。

訳者あとがき

寺尾隆吉

残念ながら私にファン・ヘルマンの詩を解説する能力はないし、彼の詩作に少しでも近づくためには次の詩を引用するのが一番いいだろう。

詩という仕事（一九六一）

数ある仕事のなかで私がこなすこの不慣れな仕事は、

血も涙もない主人のように
昼も夜も休ませてはくれない、
痛みもあり、愛もある、
雨が降っても、災害になっても、
優しさや心が腕を広げるときも、
手が病に沈むときにも。

他人の痛みがこの仕事を続けさせる、
涙が、そして別れのハンカチが、
秋の最中、火の真っただ中でも、契りが、
出会いのキスが、別れのキスが、
すべてが私を言葉まみれ、血まみれにして働かせる。

私の遺灰も、詩文も、決して自分のものではなかった、
闇の顔が死に逆らって書きとめるのだ。

一九五六年に処女詩集『バイオリンその他の問題』を発表して以来、現在まで二十以上の詩集を発表しているファン・ヘルマンが常に取り組んできたテーマは、ここに打ち出された「痛み」にほかならない。若くから共産党に同調し、左翼政党やゲリラ組織への協力、左翼系雑誌でのジャーナリズム活動などを通じて激動のアルゼン

チン現代史―民主主義体制の破綻、ペロン政権の成立と崩壊、軍部の政治介入、軍事評議会による大量虐殺―を生き抜いてきたヘルマンは、政治と文学を明確に区別しながらも、政治体制の犠牲となった人々の心の痛みと憤りを詩作に持ち込まずにはいられなかった。

一九七六年のクーデターによって政権を掌握した軍事評議会による独裁政権が、すぐにアルゼンチン史上最も残忍な政治体制となり、いわゆる「汚い戦争」を通じて、二万人とも三万人とも言われる政治運動家（とされた市民）を行方不明者として消し去ったことはすでによく知られている。サディズムの域に達した拷問技術や殺人組織の実態も明らかにされ、特に一九九〇年代以降、当時の軍人政治家たちの責任追及が緩慢ながら進んでいるが、民政移管から二十年以上たった現在でも、最愛の人を失った遺族の悲しみはまったく癒されていない。息子を失った母たちは定期的に五月広場に集まって、いまだ行方の知れない彼らの居所を探し続け、同時に軍政の悪夢を風化させないよう努めている。体験者の証言を収録した生々しい文書が次々と発表される一方、文学や映画の分野でも、当時の苦しみを再現した作品がすでに多く発表されている。

本詩集にも登場するフランシスコ（パコ）・ウロンドを筆頭に、軍政の制度的暴力によって抹殺された作家や詩人は多く、身内や親友を失った者も少なくないが、なかでもファン・ヘルマンの身に起こったことは特に衝撃的だった。ファン・ドミンゴ・ペロンの死を受けて成立したイサベル・マルティネス・デ・ペロン政権下、ゲリラグループの命を受けてヨーロッパへ発ったヘルマンは、一九七六年のクーデターによって合法的な帰国の道を断たれてしまう。失意のままローマに残った彼に追い打ちをかけるように、同じ年の八月、アルゼンチンに残った二十歳の息子マルセロ・アリエル（本詩集の一編にあるM・Aは彼のイニシャル）、十九歳の娘ノラ・エバ、それにマルセロの妻マリア・クラウディアが軍部に拉致されたという知らせが届く。ノラ・エバはその後解放されるものの、軍政の恐怖時代が続くなか、息子夫婦の行方は長きにわたってまったく知られず、ただ一つすぐにわかったのは妊娠中だったクラウディアが収容所で子供を生み落したことだけだった。ヘルマン自身は亡命先をローマ、マドリッド、マナグア、パリ、ニューヨークと変えた後、最終的に現在も住むメキシコ・シティに落ち着いたが、その間、ガブリエル・ガルシア・マルケス、フアン・カルロス・オネッティ、エドゥアルド・ガレアーノといった盟友の協力を得つつ、様々なメディアを通して軍政糾弾の手を緩めなかった。

フォークランド紛争を経て一九八三年にアルゼンチンは民政移管するが、その後も軍政時代の責任追及や行方不明者の捜索は遅々として進まず、またヘルマン自身も法的理由から一九八八年まで帰国を許されなかった。一九九〇年、ついにマルセロ・アリエルの消息が知れたものの、帰ってきた息子の姿は無残だった。拉致された数十日後に悪名高いオルレッティ・モーターズ秘密収容所(これも本詩集に登場する)で項に銃弾を受けて殺されたマルセロは、ドラム缶にコンクリート詰めにされてサン・フェルナンド川の底に沈められていたのだ。ジャーナリズムなどを通じてヘルマンはその後も軍事政権の責任追及の手を緩めず、一九九七年にアルゼンチン政府から国民詩賞を受けた際にも、元軍事政権関係者に寛容な姿勢を見せるメネム大統領を授賞式の場で公然と批判した。

他方ヘルマンは、ウルグアイで生きているはずの孫、拉致後に収容所でクラウディアが生み落した赤ん坊を見つける希望を捨てず、様々な協力者を得て辛抱強く調査を続けた。一九八八年、ウルグアイの新聞に公開した「孫に宛てた手紙」においてヘルマンは、「ジレンマ」に満ちた悲痛な思いをしたためている。この間の戦いを支え続けたのが、メキシコで知り合って妻となったマラ・ラマドリーである。粘り強い努力は二〇〇〇年になってようやく実を結び、ヘルマンは二十四歳になった孫娘マリア・マカレナとモンテビデオで劇的な対面を果たした。本人の意思を酌んでか、現在までヘルマンは彼女についてほとんど何も語ろうとはしないが、息子の遺体発見から孫娘との対面に至るまでの心境はとても日常言語で言い表せるようなものではないのだろう。

ここに翻訳した詩集『価値ある痛み』は、こうしたいきさつのあった一九九六年から二〇〇〇年の間に書かれた詩を収録しており、発表とともに大きな反響を呼んだ。ヘルマン自身が「すべての痛みがここに入っている」と語っているとおり、苦悩に満ちた戦いと悲壮な思いを映し出した本書は、彼の最高傑作の一つに数えられよう。


ヘルマンの戦いはいまだ終わってはおらず、マリア・クラウディアの消息調査を続けているのはもちろん、ことあるごとに軍政時代の悪事を糾弾し続けている。本人に会ったとき私は、何度も自分の悲劇を語るのは辛くないのかと聞いたことがあるが、それに対する彼の返事は断固たるものだった。「辛くてもやらなければだめだ。」とはいえ、エドゥアルド・ガレアーノやアントニオ・ガモネーダ、エドゥアルド・ミランなど様々な文化人と固い友情を結んだヘルマンは、このところ比較的落ち着いた暮らしを送ることができており、本書に何度も出てくるマラやアンドレアら、親類との語らいも大いに楽しんでいるようだ。

私事になるが、二〇〇九年四月、セルバンテス文化センターの招待でヘルマンがマラとともに来日した際に案内と翻訳を任された私は、最初この大役に当惑してしまった。仕事柄ラテンアメリカ作家との付き合いは多いし、彼らのほとんどは会ってみると気さくな人物であり、私自身も神経が図太いほうだから緊張することなどないが、セルバンテス賞詩人で、しかもここに述べたような経歴の持ち主が相手とあっては、どう対応すればいいのか皆目見当がつかなかった。だが、最初のメールのやり取りからヘルマンの気さくな人柄が伝わって、すぐに自然体ですべての仕事を進められるようになった。若造だから遠慮なくこき使ってくれと言う私に対してまったく偉ぶることなく、若い人に対してこそ丁重に接しなければいけないよ、と言ってくれたヘルマンは、終始細やかにいろいろと気を配ってくれた。過去の悲劇をひきずることなく人前ではいつも明るく振舞い、卓越したユーモアセンスで周りを和ませるその姿には、政治権力の横暴に決して潰されることのない人間の強さを思い知らされた。ビクトル・ウガルテ所長を筆頭に、田部井さんや大窪さんらセルバンテス文化センター・スタッフの献身的尽力のおかげでヘルマンの朗読会は大成功に終わり、満足した彼に「また呼んでくれるよね」と言われたときは私も嬉しかった。朗読会では努めて冷静に字幕を出す作業に集中しようとしたが、少しかすれた声で読み上げられる詩を聞きながら、本当は感動で足の先まで震えていた。

本書の翻訳は、ヘルマンの来日直前にアルゼンチン大使館文化担当官パブロ・ロドリゲス氏から紹介された翻訳助成金によって実現した。多くの制約がありながらも、セルバンテス文化センターの協力と出版社の理解に助けられてようやく軌道に乗り始めた「セルバンテス賞コレクション」第四巻として、この『価値ある痛み』を加えることができた意味は大きいと思う。序文として冒頭に添えた文章は東京大学教養学部における講演用に書かれたものだが、ヘルマンが直接的に詩への思いを語った文章であり、読者への貴重な指針となることだろう。

翻訳にあたっては、ラテンアメリカ文学研究者グレゴリー・サンブラーノ氏の協力を得たほか、難解な部分に関してはヘルマン自身からも直接指示をもらった。独特の言葉遊びも多く、極めて難しい翻訳だったが、どのくらい原文の味を引き出すことができたのか、正直なところあまり自信はない。ヘルマンやグレゴリー、またもや辛抱強く朗読を担当してくれた佐伯みずほさん、現代企画室の方々、その他この翻訳に関わったすべての方にこの場を借りてお礼を申し上げたい。

二〇一〇年三月一一日

【著者紹介】

フアン・ヘルマン Juan Gelman（1930 〜）

1930 年ウクライナ系ユダヤ移民の息子としてブエノス・アイレスに生まれる。1948 年から大学で化学を専攻するものの、ジャーナリズムや政治・文学活動のために退学。1955 年共産党の詩人たちと『固いパン』を結成し、以降本格的に詩作に取り組む。1967 年に共産党を離党するが、左翼系の作家たちとともに創作・出版活動を続ける。1975 年アルゼンチンを出国した直後にクーデターが発生、翌年の軍事政権成立とともに息子マルセロ・アリエルと妊娠中だったその妻クラウディアが行方不明になる。悲痛な思いを詩に綴りながら息子夫婦の消息を追い続けた結果、1990 年ドラム缶にコンクリート詰めにされた息子の遺体を確認、さらに、2000 年には獄中でクラウディアが生み落した孫娘と劇的な対面を果たす。現代ラテンアメリカを代表する詩人として、現在まで『ゴタン』（1969）、『見知らぬ雨のもとで』（1980）、『価値ある痛み』（2001）、『過去の国、未来の国』（2004）など 20 以上の詩集を残している。2007 年セルバンテス賞受賞。

【翻訳者紹介】

寺尾隆吉（てらお　りゅうきち）

1971年名古屋生まれ。東京大学大学院総合文化研究科博士課程修了（学術博士）。メキシコのコレヒオ・デ・メヒコ大学院大学、コロンビアのカロ・イ・クエルボ研究所とアンデス大学、ベネズエラのロス・アンデス大学メリダ校など6年間にわたって、ラテンアメリカ各地で文学研究に従事。政治過程と文学創作の関係が中心テーマ。現在、フェリス女学院大学国際交流学部准教授。著書："Literaturas al margen"（ベネズエラ、メリダ、2003）、"La nevelística de la violencia en América Latina : entre ficción y testimonio"（ベネズエラ、メリダ、2005）、『フィクションと証言の間で——現代ラテンアメリカにおける政治・社会動乱と小説創作』（松籟社、京都、2007）。訳書：エルネスト・サバト『作家とその亡霊たち』（現代企画室、東京、2009）、オラシオ・カステジャーノス・モヤ『崩壊』（同、2009）、マリオ・バルガス・ジョサ『嘘から出たまこと』（同、2010）。

価値ある痛み

発　行　2010年7月15日　初版第1刷500部
定　価　2000円+税
著　者　フアン・ヘルマン
訳　者　寺尾隆吉
装　丁　本永惠子デザイン室
発行者　北川フラム
発行所　現代企画室
東京都渋谷区桜丘町15-8-204
Tel. 03-3461-5082 Fax. 03-3461-5083
e-mail: gendai@jca.apc.org
http://www.jca.apc.org/gendai/
印刷所　中央精版印刷株式会社

ISBN978-4-7738-1011-0 C0098 Y2000E

セルバンテス賞コレクション

①作家とその亡霊たち　エルネスト・サバト著　寺尾隆吉訳　二五〇〇円

②嘘から出たまこと　マリオ・バルガス・ジョサ著　寺尾隆吉訳　二八〇〇円

③メモリアス——ある幻想小説家の、リアルな肖像　アドルフォ・ビオイ＝カサーレス著　大西亮訳　二五〇〇円

④価値ある痛み　フアン・ヘルマン著　寺尾隆吉訳　二〇〇〇円

❺子羊の頭　フランシスコ・アヤーラ著　丸田千花子訳　近刊

❻ロリータ・クラブの愛の歌　フアン・マルセー著　稲本健二訳　近刊

以下続刊。白抜き数字は未刊です（二〇一〇年七月現在）。

ラテンアメリカ文学選集（アルゼンチン作家の作品）

①このページを読む者に永遠の呪いあれ　マヌエル・プイグ著　木村榮一訳　二八〇〇円

②武器の交換　ルイサ・バレンスエラ著　斉藤文子訳　二〇〇〇円

⑤陽かがよう迷宮　マルタ・トラーバ著　安藤哲行訳　二八〇〇円

⑦楽園の犬　アベル・ポッセ著　鬼塚哲郎／木村榮一訳　二八〇〇円

⑨脱獄計画　アドルフォ・ビオイ＝カサーレス著　鼓直／三好孝訳　二〇〇〇円

⑪通りすがりの男　フリオ・コルタサル著　木村榮一ほか訳　二三〇〇円